KB260492

훨훨

훨훨
서양원 시집

초판 인쇄 | 2010년 06월 10일
초판 발행 | 2010년 06월 15일

지은이 | 서양원
펴낸이 | 신현운
펴는곳 | 연인M&B
디자인 | 이희정
기　획 | 여인화
등　록 | 2000년 3월 7일 제2-3037호
주　소 | 143-874 서울특별시 광진구 자양동 680-25호(2층)
전　화 | (02)455-3987　팩스 | (02)3437-5975
홈주소 | www.yeoninmb.co.kr
이메일 | yeonin7@hanmail.net

값 8,000원

ⓒ 서양원　2010 Printed in Korea

ISBN 978-89-6253-063-6 03810

훨훨

연인푸른시선

10 서양원 시집

연인M&B

|서문|

아름다운 성취

　오랜동안 시 공부를 하던 서양원님이 이제 그 열매들을 묶어 시집을 낸다고 한다. 박수를 쳐 축하를 보낸다.
　시는 지은이의 삶에서 우러나오는 것이라고 한다면 이 시집이야말로 한 사나이가 세상을 살면서 경험하고 사고하고 명상한 것을 그의 상상력에 기대어 빚어낸 새로운 세계라고 할 수 있다.
　그가 빚어낸 언어의 집에 들어 있는 이 아름답고 처절하고 신비한 것들은 이제 독자들에게 나아가 독자들과 함께 울고 웃고 하면서 정서적 동행이 될 것이다. 이것이 시의 감동이요 오롯한 효용일 것이다. 나도 한 사람의 동행으로써 이 시집을 음미하면서 한때를 감동으로 있을 수 있었다.

보도블록 틈새를 비집고 올라온
잡초 같은 내 모가지를
거대한 구둣발이 밟아
두 동강 날 뻔한 적 있었지
그런 날엔 한낮에도 소주가 핏줄을 타고
서울역에서 목포역까지 내달리며
정거장마다
목이 터져라 소리를 질러댔었지

핏방울을 튀기며 아무리 소리쳐도
개미 같은 내 목소리는
무심한 허공 속으로 흩어져
흔적도 없이 사라질 뿐

―〈그런 날이 있었지〉 중에서

파란만장했던 그의 생애가 느껴진다. 자신을 짓밟는 생의 질곡 속에서 슬퍼하고 분노하고 울부짖으며 몸부림치던 과거를 잊지 않고 간직하면서 앞으로의 삶을 일으켜 갈 지렛대로 쓰고자 함이 엿보인다.

우리들 인생의 험난한 과거는 그러므로 잘만 극복하면 새로운 삶을 위한 보약이 될 수 있음을 알 수 있다. 시 공부도 마찬가지다 언제나 어깨를 누르고 짓밟는다. 번민과 회의, 절망에 빠질 때도 있다. 그러나 그것을 잘만 극복하면 보람과 기쁨 또는 성취라는 열매가 열리게 마련이다.

내가 본 서양원님은 매우 적극적이고 성실한 사람이다. 그는 생업에 임해서도, 그가 속한 크고 작은 단체나 모임의 구성원으로서도 열성적이고 모범적인 사람으로 알고 있다. 특히 시 공부하는 데에도 매우 열심이다. 습작도 남이 한 편 쓸 때 두세 편씩 쓰는 것을 보면 의욕도 대단하다.

이 시집을 보면서 나는 10년 후, 20년 후 우리 시단의 큰 인물로 자라 있을 서양원 시인을 상상해 본다. 꼭 그렇게 되기를 기대한다. 첫 시집으로 만족하지 말고 제2, 제3, 제4의 시집이 연이어 나올 수 있도록 자기 연마를 게을리하지 않기를 빌면서 두어 자 적어 축하의 뜻으로 가름한다.

2010. 4
문효치

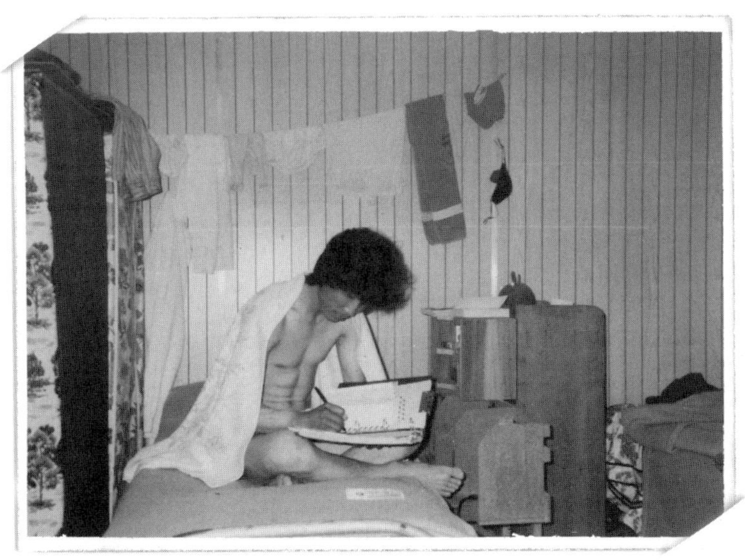

바다 건너 먼 기억은 아물거려도
고독은 모래 위에서 물결처럼 출렁이고
가도 가도 끝없는 지평선은 뜨겁기만 하더라

지구 반 바퀴 돌아
용접 불꽃으로 그리움을 지우다가 지쳐 쓰러진 밤
황사가 봉투 속까지 파고든 편지엔
어린 딸아이의 눈물자욱이 패랭이꽃처럼 피어나고
아내의 젖은 목소리는
간밤 바람결
옥수수 이파리처럼 뒤척이는데
누구를 위한 피 흘림인지
알 수 없는 목마름은 오늘도
사막 한가운데
짐승의 우리처럼 나를 가둔다
_〈스물다섯 적에 3〉 전문

| 시집을 내면서 |

70년대, 모두 어려웠던 시절이었지만
유난히 가난했던 나는 입에 풀칠하는 일에 개처럼 뛰어다니느라
꿈을 접고 삼십 해를 넘게 살아왔다
그러나 꿈은 항상 내 안에서 요동치며 탈출을 갈구했고
마침내 탈출을 시도했다
그동안 나를 지배해 왔던 삶의 근원적인 무게를
조금은 벗어놓은 것 같아 행복하고
미진한 작품이나마 빛을 보게 되어 감개가 무량하다

아직은 덜 익어 떫은맛이 가시지 않았지만
앞으로도 계속 정진할 생각이다

나를 아는 모든 분들께 감사 드린다.

2010. 5
서양원

제1부 그런 날이 있었지

제1부

그런 날이 있었지

피리

나는 점점
소리를 내지 못한다
어렸을 땐 곧잘
맑은 시냇물 소리로
먹태 같이 까만 어머니의 가슴을
씻어 드리곤 했는데
매운 추위를 업보인 양
헤진 버선발로 눈보라 헤치고 오실 땐
얼른 달려가
꾀꼬리 빛깔 휘황한 구름 가마, 태워 드리곤 했는데
나도 어느새
바람 많은 세상에 들면서
실어증이 깊어진다

끓는 혈기 가득 언 강을 녹이며
눈발 속에서도
청정한 세레나데를 불러주던
그때 그 시절이 가끔씩
대숲을 지나
허공에 문을 열고 흐느끼다가
흩어지고 만다

들국화

바람이 밟고 간 자리마다 피어서
너도 잠시 쉬어가라 이르는
옛 친구 같은 목소리로 나즈막이
우리 인생 가마솥 같이 부글부글 끓였으니
이제 좀 쉴 때도 되지 않았느냐고
살며시 웃으며 이르는
그래서 갈길 멈추어 서서
하늘 한 번 품어 보고
지난 길 한 번 돌아보게 하는 너
발자국 옮길 때마다 손풍금을 울리는 너

그런 날이 있었지

보도블록 틈새를 비집고 올라온
잡초 같은 내 모가지를
거대한 구두 발이 밟아
두 동강 날 뻔한 적 있었지
그런 날엔 한낮에도 소주가 핏줄을 타고
서울역에서 목포역까지 내달리며
정거장마다
목이 터져라 소리를 질러댔었지
핏방울을 튀기며 아무리 소리쳐도
개미 같은 내 목소리는
무심한 허공 속으로 흩어져
흔적도 없이 사라질 뿐

악다구니를 쓰다 목이 쉬고
또 악다구니를 쓰다
내장 깊숙이 심장이 터지면
피똥을 싸다 화장지 한 장 쥘 힘이 없어
그만 놓쳐버린
그런 날이 있었지

가난

가난이 죄가 아니라고
개나발 부는 소리
개새끼도 안 물어갈 배추잎 몇 장 때문에
사흘이 멀다 않고
엉덩이에 불나 보지 않은 니들이 알아
머리를 흘러내린 어머니가 교무실에 끌려가
창녀처럼 비겁한 웃음을 흘리는 것을
한 번도 본 적이 없는 니들이 알아

아버지는 오늘 밤 어느 골목을 베고 쉰 술 냄새를
풍기고 계실까

내가 학교를 그만둔다고 했을 때 어머니는 밤새 우셨다
퍼렇게 멍든 어머니의 가슴도 가슴이지만
나도 세상 밖으로 떨어지는 것 같아 덩달아 울었다
씨이팔
세상은 아무렇지도 않은 듯
너무 고요했다

권투를 하다

세계 챔피언이 되면
돈방석에 앉는다고 해서 시작한 권투
정상으로 가는 길
구만리 해저 같은 길인데

낮에는 배달하고
밤에는 학교 다니고
학교 갖다 와서 또 코피 쏟으며 일하고

아프리카 난민 아이들 끼니 거르듯
이 빠진 출석부

그래도
관장님 소질 있다고 시킨 스파링
코만 납작 주저앉았다

바람 속의 꽃

빠개질 듯 붉은 그리움
네 속에 살고 있어
실오라기 울음소리에도 귀를 세우고
가랑잎 까치발로 굴러도
뒤돌아보지

허기진 밤이면 창문을 열어
눈발 치는 먼 들녘에 등불 하나 켜놓고

너는
허허로운 벌판,
허수아비로나 서 있지

바람아

조금 천천히 불어야 너의 얼굴 볼 수 있어
조금 쉬면서 불어야 너의 모습 느낄 수 있어
우리 인생, 한 번 울려 퍼지면 돌아오지 않는
종소리 같은 건데
오늘도 쉬지 않고 앞만 보고 가는 거니
가끔은 꽃그늘에 앉아서 향기도 맡아 보고
가끔은 노을에 젖어 지난 길 돌아보며
혹시 나로 인해 지는 꽃은 없었는가
혹시 나로 인해 상처 받은 사람 없었는가

한 번쯤 마을 어귀 늙은 장승의 애기도 들어 봐야지

오늘도 불기만 하는 바람아
어디로 가는지조차 모르면서
불기만 하는 바람아

땡볕

나는 오뉴월 수캐 마냥 헐떡거리다가
대로변에 벌렁 누워버렸다
정오의 사이렌 소리가 따갑게 파고들었지만
좀처럼 일어날 힘이 없었다
트럭들이 쉴 없이 지나가고
내 배때지 위로 무성하게 지나가고
그러나 배때지는 너무 말라
짓밟아도 짓밟아도 똥물도 올라오지 않았다
그러자 경태가 말했다
산 너머에는 칡넝쿨이 하늘을 감고 있으니
같이 가자고
일어서서 천천히 걸어가자고
바들거리는 손으로 땅을 짚고
후들거리는 걸음으로 비탈길을 오를 때에야
따가운 세상도
물렁물렁한 눈물이 있다는 것을 알았다

적막

집 나간 엄마는
소식이 없고
술 취한 노랫소리도
끊긴 지 오랜데
싸락눈만 사락사락
장독대를 덮는다

처마 끝에 내린 어둠이
저 홀로 외로워서
우물가로 내려와 가만히 말을 걸면

설핏 든 잠에서 깬 아이
천정을 바라보다
발자국 소리 그리운 귀가
마당에서 맴을 돈다

악몽

머리를 풀어헤친 엄마는 내 손을 꼭 쥐었다
아무 말 못하고 끌려가다가 뒤를 한 번 돌아보았을 때
깊은 골짜기 초가집 위로 그믐달이 지고 있었다
음침한 호수는 차가운 엄마의 마음처럼 평정심을 잃지 않고
우리가 물을 가르고 들어가도 씨익, 알지 못할 미소만 졌다
너무 잔잔해서 섬뜩하기까지 한, 이 고요 아래 엄마의 흐느낌
이 묻혀버렸다
엄마는 물푸레나무가 머리를 처박고 서 있는 호수가로부터
더 먼 곳으로 나를 끌고 들어갔다
가슴이 두근두근 차가운 물살을 뎁혔다
물이 목까지 차오른 순간, 갑자기 몇 쌍의 무덤이 달려들어
나와 엄마를 덮쳤다
엄마는 머리카락을 연기처럼 흩날리며 무덤 속으로 무덤 속
으로 빨려 들어가고
나는 보름달이 떠오를 거라고
보름달이 떠오를 거라고 울부짖었다

고독한 항해

민들레 홀씨 하나 바람 부는 밤에 날려 와
외항선 뱃머리에 외로이 섰네
파도치면 몸에선 소금 꽃 피어나고
서슬 퍼런 폭풍우 칼날에 허리가 꺾여도
생각은 먼 길 달려서 고향을 돌아보고
별빛에 길을 물어 다시 오는 길목엔
낯선 듯 낯설지 않은 꿈을 열면서
상기된 노란 얼굴 미소를 짓는다

그녀의 겨울

유리문 한복판
"점포 임대"란 글자가 어둠이 몰려드는 겨울 저녁
발가벗고 서서 떨고 있다
멀리서 미이라의 울음 같은 여인의 신음 소리가 들려온다

남편의 교통사고
싸늘한 시신과 맞바꾼 보상금이
불 꺼진 유리문 밖에서 피를 토하고 있다

눈을 감아도 눈을 떠도 밀려드는 한기
등골엔 소리 없이 서리꽃이 피고
정수리에선 식은땀이 빠져나와
머리를 하얗게 탈색한다

머그컵의 꽃이 피려다 말고 다시 눈을 감는다

부평초

바람 부는 날이면
이삿짐을 싼다
밑천 없는 살림살이,
달랑 보따리 하나 이고 가다 보면
어디서든 자리 펴 머물 곳은 있다
뿌리내릴 만하면 또 바람이 불고
화장기 없는 얼굴은
늘 한 칸 방이라도 편히 누워 보고 싶다
마음이 심란한 날이면
못 마시는 소주 한잔 홀짝거리며
이 박복한 삶에도 언젠가는 별이 돋을 거라,
독백처럼 중얼거린다
어쩌면
단 한 칸 방도 왕궁이 될
그녀의 하늘은 매일 흐려 있다

가시 면류관

똥구멍이 찢어지게 가난한 집
장녀로 태어난 그녀
가진 것은 국민핵교 졸업장이 전부
연년생 동생들은 껌딱지같이 등짝에 달라붙어
여름 내내 땀띠가 솟고
또래 아이들의 하얀 교복이 동구 밖으로 나풀거릴 때
그녀의 가슴은 탱자나무 가시에 찔려 피를 흘렸다
밤이면 밤마다 도망가고 싶은 욕망이 출렁거렸지만
철망도 없는 울타리는 그녀를 붙들고 놓아주지 않았다

주정뱅이 아버지는
그나마 두어 마리 남아 있던 씨받이 암탉을 팔아
여우 코빼기 닮은 작부와 육자배기 타령이나 하다가
벌겋게 취한 걸음으로 무명치마 같은 달빛만 어깨에 걸치
고 왔다
동생은 지문도 다 지워진 손가락을 빨고 또 빨고
병든 엄마는 언 밭의 무청같이 비척 곯아 가는데
술 취해 코 고는 소리는 엇박자로
두자 반짜리 방을 들었다 놓았다 했다
그녀의 위에선 붉은 즙이 한 바가지나 쏟아지고
무너져 내리는 달빛 속에서
엉겅퀴 꽃도 하얀 진액을 흘러내렸다

싸리나무 꽃

빈 바람이 황토 먼지를 일으키며
둥둥 떠다니는 철거민촌,
이디오피아 난민 같은 사람들의 패닉이
천막 안 행간에서 하혈을 하고
굶주림에 실성한 여인이 눈동자가 하얗게 뒤집혀
자기가 낳은 핏덩이를 먹었다는 소문이
그믐밤 어둠을 뚫고 소리 없이 퍼지던 날에
뒷동산 싸리나무 가지는 시퍼런 멍이 들어 불어 터지고 있
었다

흙먼지 풀풀 날리는 GMC 트럭이 지나간 자리,
새까만 수캐가 땅바닥에 대가리를 처박은 채 끌려가고
남한산성 계곡물은 피비린내로 찐득한 악취를 풍겼다
점차 삶의 칼날 끝에 선 사람들이 떠밀려오고
그녀와 그녀의 아버지도 짐짝처럼 실려와 비탈배기에 루핑
집을 지었다
그 집에선 밤마다 울음소리가 새어나왔다
아버지는 개떡 같은 세상을 원망했고 그녀는 월사금을 내
지 못해 학교에 가기 싫다고 소리 내어 울었다
막바지 장맛비가 흙탕길에 널브러져 어지럽게 춤판을 벌리
던 날, 그녀의 하얀 종아리에 줄지어 피어난 보라색 싸리꽃이
빗물을 타고 흘러내려 비탈진 황톳길을 퍼렇게 물들였다

스물다섯 적에 1
—사우디아라비아에서

누군가 쏜 총알을 타고 바다를 뚫고 섬을 뚫고
이곳에 왔다
마음은 비장한 안중근 의사가 되어
태양 가장 가까운 곳에 텐트를 쳤다
불타는 전선은 화염으로 쌓여
신음 소리가 모래밭에 우물을 만들고
아픔은 상처 위에 상처를 덧대며
허허로이 웃는다

아내의 붓꽃 같은 편지는
쥬베일* 바닷가 고래 아가리에 던져버린 지 오래고
모래 바람에 할머니의 부고도 묻은 채
등록금을 못 내서 쫓겨난 과거를 사리처럼 새긴다

아니야 아니야
내 새끼는 보리질금 같은 세상에 내놓지 않겠어

찢겨진 깃발이 아우성을 친다

* 주베일 : 페르시아만에 접해 있는 사우디아라비아의 공업도시.

스물다섯 적에 2
―사우디아라비아에서

바람도 불지 않는데
오장육부엔 거친 황사가 끼어 있다
한낮의 햇볕은 지친 가슴을
창끝처럼 찔러대고
늙은 악어 같은 돌산은 낮게 엎드려
시들어가는 내 모습을 지켜본다
한바탕 소용돌이 치고 간 할라스* 바람 뒤에
사막은 또
불붙은 장약통의 화약 알갱이처럼 들끓고 있는데
벌써 삼 년째 불을 뿜는 용접봉
일사병에는 걸리지 않을까
혹시 재가 되어 부스러지지는 않을까
돌산 위의 가시나무도 고개를 절레절레 흔드는데
바다 저편 아내는 어느새 달려와
이제 그만 쉬라며 눈시울을 붉힌다

* 할라스 : 아랍어로 죽음이라는 뜻.

스물다섯 적에 3
―사우디아라비아에서

바다 건너 먼 기억은 아물거려도
고독은 모래 위에서 물결처럼 출렁이고
가도 가도 끝없는 지평선은 뜨겁기만 하더라

지구 반 바퀴 돌아
용접 불꽃으로 그리움을 지우다가 지쳐 쓰러진 밤
황사가 봉투 속까지 파고든 편지엔
어린 딸아이의 눈물자욱이 패랭이꽃처럼 피어나고
아내의 젖은 목소리는
간밤 바람결
옥수수 이파리처럼 뒤척이는데
누구를 위한 피 흘림인지
알 수 없는 목마름은 오늘도
사막 한가운데
짐승의 우리처럼 나를 가둔다

사막 편지 1

용광로처럼 끓는 열기
고달프다 쓰려는데

근심 어린 아내 얼굴
눈앞에 아른거려

올봄엔
선인장 꽃이
붉디 붉다 하였네

사막 편지 2

산 같은 그리움 묻고 지낸 사막 삼 년
당신은 운명인 양 속울음 삼키지만
그 마음 민들레 홀씨 되어 내 맘속에 날려 와

예전엔 일탈처럼 흘려버린 당신의 정
피 끓는 그리움 되어 비수로 달려들어
어느새 짓붉은 상처 터져 흐르는 가슴속

상현달 살 뜬 새벽 당신의 젖은 눈빛
고요히 사위어 온 그 그리움 받아 들고
사나이 타는 애간장 잠 못 드는 밤 깊어

고뇌의 숲

아무리 둘러보아도
보이는 것은 망막한 사막
가시 돋친 선인장뿐,

눈감아도 밀려오는 죽음의 이야기들이
송곳처럼 핏발을 세워 심장을 찌르는데
새벽이 되어도 닭의 울음소리 들리지 않고
아우성치는 봄은 허공에 부서져
어둠만 날개를 펴
낙엽 진 정원을 뒤덮는다

아픔을 딛고

해일이 한바탕 쓸고 간 자리엔
음식물 찌꺼기 같은 잔해만 무성하다
아직도 가시지 않은 상처는 무시로 넘나들며
남아 있는 심장의 여린 부위를 쿡쿡 찔러 대지만
이젠 소낙비가 한 차례 지나가는 것일 뿐,

사구를 향해 걷는 거친 숨소리가 들려온다
낙타가 지나갈 자리엔 언제나 가파른 사구가 들어서지만
순한 눈썹을 껌벅이며 할라스 바람*을 헤친다
한 번도 푸른 초원을 밟아 본 적이 없는 낙타,
바늘구멍을 통과해도 여전히 오르막이다

지구상에 내가 가장 왜소하다는 이유만으로
외로움을 견딜 수 없었던 시간들
똥통 속에서 해매이던 세월도
지난 길 돌아보면 한때 감탄사 같은 추억이었듯
비를 맞고 콜록이거나
강을 보며 바람을 느끼는 이 순간
내가 꽃이다
        별이다
          우주다

* 할라스 바람 : 아랍어로 죽음의 바람이라 한다.

제2부

훨훨

훨훨

손을 뻗쳐
허공을 휘젓는다
무슨 꽃별이 저리도 많은가
순간을 영원이라 맹신한
검은 솔개는 오늘도
날갯짓을 멈추지 않는데
섬광은 환히 웃고
별똥별은 떨어진다

나는 울고 있다
밤낮없이 커져가는 욕망의 뿔을
어쩌지 못해
그리하여 나는 오늘도
깊은 우물에 빠져 있다

나선형 철조망 사이를 뚫고
날아온 나비 한 마리
너울너울 춤을 추다가
둥글게 둥글게 원을 그리다가
불같이 알 몇 개 낳고
허공으로 날아간다
나도 따라 날아간다 훨훨
훨훨 훨훨

제주도 그 동생 1

성산포에서
우리가 처음 만났을 때
아침 바다에서 막 건져 올린 햇살이던 네가
서로 함께하자고
눈빛을 주고받았을 때
일출봉 앞바다처럼 깊게 출렁이던 네가
알고 보니
함박눈 한 번
더 맞은 나에게
영원히 한라산처럼 모시겠다던 그 약속
철석 같던 네가
끝내는
요단강 건너
바람결에 그 약속 묻었다니!
마라도
수십 리 바닷길을
돌고래처럼
휘휘 휘젓던 네가

제주도 그 동생 2

일몰의 저녁
붉은 해가 수평선 끝으로부터 낸 길을 따라
천천히 네가 오는구나
햇솜처럼 착한 너에게
천상의 그곳에서도 이른 휴가를 주었는지
빙그레 웃는 얼굴로 다가와 연기처럼 감싸는구나
나의 가슴에 홍반이 돋아
너의 등을 두드리며 잘 있었느냐 잘 있었느냐
네 가슴도 내 가슴처럼 뜨거운 열꽃이 번지고
우린 서로 마주보며 얼굴을 부비는구나
이제 다시는 가지 마라
이제 다시는 가지 마라
개망초 꽃 울음소리 파도에 실려 오게 하지 마라
나는 연신 너의 등을 토닥이는데
너는 항상 그러했듯 알지 못할 웃음만 흘리며
개떡 같았던 이 세상, 또 슬며시
바닷길을 따라 돌아서는구나

제주도 그 동생 3

이젠 너를 놓겠다
네가 요단강을 건너기 며칠 전
형과 서 있는 청평 호수가 성산포 앞바다 보다 더 멋있다는 말
쓰러질 듯한 그 말, 사실은 바람소리에 흩어져 잘 안 들렸지만
난 그냥 고개를 끄덕였다
이제 생각해 보니
이승의 벼랑 끝에 선 너에게 눈 내리는 강, 또
그 무엇인들 아쉽지 않을 수 있었겠니

매일 밤마다 하늘이 부르는 꿈을 꾼다는
검버섯 가득 핀 얼굴에서도
환한 웃음으로 언 강물을 녹이는 너를 보며 소리 내어 울 수
없는 나는 차라리 흩날리는 눈발이 되고 싶었다
눈발이 되어 하늘로 쳐들어가
직무유기한 하느님께 실컷 욕해 주고 싶었다
아우야 그러나 어쩌랴
우리 결국 이별의 끝에서 만나야 할 한 곳
국화꽃 향기 그윽한 그곳에서 만나
그때는 내가 너의 아우가 되고
네가 형이 되더라도
이별의 아픔에 목말라 하는
그런 일은 없지 않겠니

태양아 너는

붉게 다가오는 너는 갓 태어난 핏덩이
지금 피어오르는 모든 꽃들의 전설, 그 전설이 되기 위해
너도 나처럼 눈물로 반을 채운 술잔도 비웠겠지
네가 처녀막을 찢는 고통으로 잉태하여 어둠을 먹으며 자
라날 때 세상은 아름답게 눈을 뜬다

사랑아 사랑아
쓰러지며 다시 일어서는 사랑아
불타오르는 너의 체온으로 마른 풀잎 같던 내 몸에 선홍빛
피가 돌고 지루한 지난밤의 꿈을 들여다보지 않는다
묻혀 있던 진실이 뿌리처럼 번져서 이 땅 위에 덩더쿵덩더
쿵 춤을 추고 나면 나는 캄캄한 위선에서 벗어나 환한 세상
을 바라본다
한때엔 그리도 추웠던 기억의 상처도 너의 맑은 눈동자에
아물어 내가 잘못한 모든 것들을 사색케 한다

진한 너의 붉음은 나에겐 끝없는 희망의 분출 점, 지난 과
오를 씻고 형용할 수 없는 힘과 용기로 세상에 길을 낸다
언젠가는 다시 와 밟고 갈 이 길을 둥글게 둥글게 가꾸며
복사꽃처럼 환하게 웃어도 보고 먼 훗날 그 꽃잎 시들어도 울
지 않겠다고 손가락도 걸 터인데, 네 용광로 입술은 내 이마
의 불거진 힘줄에 뜨거운 키스를 퍼붓는구나

갓 태어난 핏덩이가 터트린 울음마냥
붉어서 더 찬란한 너의 피
내가 땀 흘려 낸 길에 가득 쏟아지고 네 심장의 실핏줄은
아직도 남은 세상의 어둠을 더듬어 붉게 붉게 흐르는구나

사랑

캄캄한 밤인데도 붉은 꽃이 피어오른다
향기에 취해 잠은 멀어지고 나는 곧 꽃 속으로
빨려 들어가고 만다
꽃 속에는 무지개가 떠 있고
바람에 그네가 매달려 흔들린다
나는 그네를 타고 발을 굴린다
하늘로 박차 오르는 아찔한 느낌,
먼 바닷가 섬이 보이고
어둠을 가르며 튀어 오르는 불꽃이
심장에 박혀 터질 듯 울려퍼졌다
수억 년 전 누군가의 가슴에도 터졌을 불꽃
그 불꽃은 바람을 타고 어디든 가서 뿌리를 내려
달콤한 밀어 속에서 신화처럼 무르익었다
소멸과 탄생을 반복하며
지구 반대편 야자수 그늘 해변가
피부색이 다른 사람에게도
동백꽃 지는 선창가 후미진 여인숙
삶에 지친 사람에게도
별빛처럼 포근하게
혹은 칼끝처럼 아리게
둥지를 틀었다

오늘도 붉은 꽃 한 송이 누군가의 가슴에서
뜨겁게 화인을 새기고 있다

친구

태양을 삼키고 간 저 사막 끝에
홀연히 다가오는 모습은 누구인가
어둠은 짙어가는데 태양이 다시 솟은 듯
환하게 다가오는 녀석은
꿈속에 그리던
그리움 속에 묻어 두었던 그 얼굴
자네 아니던가
오! 그 손엔 무엇인가
자네 나의 목마름을 알았구먼
한 손엔 소주병
또 한 손엔 메마른 가슴을 뜨겁게 달구는
진실 어린 눈빛을 쥔 걸 보니
그래 오늘 밤 한잔 하자구
새악씨 속살 같은 흰 대화로 이 밤을 하얗게 태우자고
알잖나
넘쳐흐르는 잔에 진한 눈물 한 방울 떨칠 수 있는
자네와 내가 아니던가
말이 없어도 같은 생각을 하는
눈빛만으로도 서로를 품는
잉태된 고통을 마다 않고
주저함 없이 도전한 우리 아니었나
그래
이 밤을 뜨겁게 달구자구

차 건배하자구
친구여―

아침 안개

지금 이 안개 너머
사막 한가운데서는 누군가 또
검은 기름의 유혹에 갇혀 신음하고 있겠지

안개가 자욱한 아침
나는 코끝을 스치는 축축한 냄새를 맡으며
거친 모래 바람 속을 걷는 낙타의 고된 숨소리를 듣는다
짙은 안개처럼 깜깜한 앞날에 한 가닥 희망이었던 그곳,
바람 불면 부피를 알 수 없는 먼지 너머로
고단한 아내의 얼굴이 보이고
낙서로 거미줄 친 담벼락 아래서
턱을 괴고 별을 헤는 아이의 눈망울이 보이고
모래 먼지를 둘러쓴 양철 지붕 아래서 잠든 내 창에는 항상
그리움이 고여 있었다
다 퍼 올려도 샘물처럼 고여들어
까실한 모래 먼지의 감촉이 꿈속에서도 가슴을 아프게 했다

연극 무대의 일막 일장이 끝나면
다음에 펼쳐질 세상은 어떨까
베란다 창 커튼 사이로 해가 달처럼 떠오른다

봄눈

나뭇가지가 실눈을 뜨던 날

그녀가 왔다

동장군이 전사했다는 소식을 가지고
그녀가 왔다
그녀는 하얀 소복을 입고 살며시 걸어와
조용히 부고를 전한다

어둠에 갇혀 있던 시간이 일제히 만세를 부른다
산은 큰 숨을 들이마시고
계곡에선 내일을 소근거리는 소리가 들린다
강물도 몸을 풀고 참았던 말을 쏟아낸다
겨우내 동장군과 맞서 싸우던 바위는 갑옷을 벗어
바람에 널어놓고
모처럼 기지개를 켠다

날카로움을 바스라트리는 시간
온기가 서서히 내게로 온다

격투기

기억도 가물거리는 배냇저고리 시절
모빌을 잡으려 발버둥 쳐도
천정의 비행 물체는 웃고 있을 뿐,
함성 소리만 먼 바닷가 파도처럼 밀려왔다가
바싹 마른 잎처럼 부서지고
바닥엔 피의 꽃이 툭툭
불거진 핏줄을 타고 흐르다 뜨거운 심장으로부터
서서히 멀어진다

그는 얼마나 멀리 와 있는 것일까
허무하게 무너져버린 성곽,
꼿꼿하던 척추가 흐물거린다
찬바람이 휑하니 구멍을 뚫는다

이니셜

누굴까
장동건일까
장우석일까
장혁이 맴돌다 궤도 밖으로 사라지고
끈 잘린 생각 찾으러 명왕성을 몇 바퀴 도는데
얼굴 없는 알파벳이 혀를 날름거린다
누워 있는 기억들을 억지로 일으켜서
'차렷'을 시켜 본다
부동자세를 하고 있던 놈이 힘없이 자빠지고
어떤 놈은 기침 한 번 하는 사이 줄행랑을 쳐버린다
물정 모르는 구경꾼만 머리를 들이대다
잘못 든 길을 눈치 챘는지
이내 뒷걸음질 쳐 사라진다
모두들 달아나고 그렇다고
손바닥에 침 뱉어 찾을 수도 없는 일
온종일 기억의 언저리에서
미로 속을 헤맨다

긴장

용수철이 잔뜩 움츠렸다
가볍게 흐르던 공기가 팽팽해졌다
검지손가락이 서서히 오므라든다

순간 바람도 숨을 멈췄다

나가려고 문을 박찼지만
문은 꿈쩍도 않는다
도무지 몸을 움직일 수가 없다
탕!
총알이 귀밑을 스치고 지나간다
해가 수렁으로 곤두박질 쳤다
사방은 깜깜한 어둠이다
손을 더듬거려 랜턴을 찾으려 했지만
손가락 끝엔 물컹한 것이 잡힌다
물에 빠져 탱탱 불어터진 시체,
어둠 속을 걸어와 나를 안으려 한다
뒷걸음 치던 발이 흐물흐물 주저앉아 버리고 만다

똑 똑 똑 물방울 떨어지는 소리가 들린다

지리산

안개에 쌓여 보이지 않는 꼭대기를
할례 하는 마음으로 오르고 올라
하늘과 맞닿은 돌 봉우리에 앉아서 그 아래를 굽어본다
얼룩무늬 호랑이 같은 등뼈들이 천왕봉을 바라보며
이제 다시는 피 단풍 드는 일 없을 거라고
피아골 깊은 계곡에
붉은 눈물 흐르는 일 없을 거라고
어홍 하며
길게 뻗은 꼬리는
강바람을 부채질하여
구석진 다락마을 산수유꽃 만발하는데
중산리 토벌 전적지에는 아직도 시간이 멈추어
묘비명도 없는 빨치산 어린 소년
빙하에서 숨을 쉬며
내 고향은 저기 북쪽
그러나 메아리는 들리지 않고
이름 모를 들꽃만
지천에서 눈감고 눈뜨는데
산은 슬며시 어둠에 내려와 섬진강 물을 마시고
충청도로 경기도로 선을 이어,
155마일 끊어진 선을 이어,
백두산 천지까지 선을 이어
하하하 허허허 너털웃음 한 번 웃고
삼천리 구석구석 응달진 골목까지
선을 허문다

오체투지(五體鬪志)

둥둥둥 북이 울린다
지평선 끝에서 떠오르는 먹빛 해의 피를
새의 깃털처럼 가볍게 하라고 북이 울린다

해를 향하여 가는 길은 가도 가도 제자리다
엎드리고 일어서며 무릎을 세울 때마다 자갈길은 돌고 돈다
차마고도의 낭떠러지 길
그러나 결코 물러설 수 없다

낮추면 낮출수록 내 아래 채워지는 하늘
맑은 호수엔 불구인 내가
썩은 영혼을 끌어안고 피고름을 짜내고 있다

해 붉은 길 위에서
탯줄처럼 핏발을 세우고 있는 욕망 덩어리가
굳게 못질한 관을 나와
짐승의 무리처럼 울부짖는다

바람과 불속을 너울대며
잉걸빛 열매를 맺은 내 육신
유연한 몸짓으로 그를 불러
메타세쿼이아가 그늘진 길을 걷는다
하늘과 땅의 경계가 좁아진다

복수

네가 나에게 칼끝처럼 아린
아픔을 주었을 때
나는 너에게
저무는 바닷가에 소리 없이 번지는 노을 같은 사랑을 주리라
네가 나에게 낮과 밤이 다른 박쥐처럼
두 얼굴로 대할 때
나는 너에게 골고다 언덕에서 십자가에 못 박힌 예수처럼
한마음으로 대하리라
어두운 골목길을 걷다가 문득
하늘에 떠 있는 별을 보라
수억 년을 변함없이 떠 있는 저 별도
때로는 상처 난 가슴 쓰다듬으며
웃고 있었으리라
한 번쯤은 분노의 활시위를 힘껏 놓고 싶었지만
하늘 한 번 바라보고 흐르는 강물 한 번 보았으리라
그리하여 긴 세월 동안 지지 않는 빛으로
우리의 가슴을 따스하게 물들였으리라
내가 너에게 화살을 화살로 대하지 않을 때
내 마음이 평온해지는 것을
세상이 고요해지는 것을
밑바닥 그 밑바닥에서 끓어오르는 분노를
참아 본 사람은 알리라

민초

칼바람 매섭게 허리를 꺾으면
풀잎들의 힘찬 노래는 계곡으로 흘러들어
서로가 서로를 부둥켜안아 꽁꽁 언 땅을 녹이고
봄 들녘 아지랑이 뜨겁게 타오르는 날에
힘줄 박힌 종아리 다랑이 논에 서서
엉겅퀴꽃 같은 땀방울로 자갈돌을 파헤친다
태극무늬 논두렁 비탈진 골을 따라
언제나 야트막한 산에서 흘러내리는 물이지만
그 물결 소리,
한결같이 이 땅의 심장 속에서 훈민정음처럼 흐르고
노을 지는 굴뚝 위로 밥 냄새 구수하게
간고등어 같은 재래시장 난장아줌마 시장기도 채워준다
때론 설움과 고달픔, 막걸리 잔에 섞어 마시며
밤새 긴 터널을 헤매기도 하지만
출렁이는 파도마다 잔뿌리 깊이 박고
풀잎 끝 눈망울들이 초롱초롱 빛난다

득도

산을 오른다
낙엽이 다 떨어진 초겨울
여윈 바람을 등에 지고 예봉산을 오른다

채워도 채워도 허기진 마음일 때
나도 모르게 손 내미는 산
그곳엔 이천오백 년 전의 부처가
나무마다 숨 고르고 서 있다

숲이 무성할 때에는 그 나무도 앞을 보지 못했다
총성 없는 전쟁터에서
하이에나처럼 으르렁거리던 지난날
가슴에선 항상 사바의 울음소리가 들렸다

겨울산 중턱에 올라
앞 강물을 바라본다
그 강물에 마음을 씻어 바람에 헹군다
나의 수미산이 보인다

자화상

징검다리를 건너다 물속에 비친 나를 보고
가끔은 내가 아닌 것 같아 울컥하다가
꽃을 보고 울기도 하고 눈물을 닦고 난 후엔
공연히 도끼로 큰 나무를 팼다

남들은 나보고 아버지를 하나도 안 닮았다고 하지만
나도 어느새 아버지를 닮았다
술 취한 애비는 밤마다 오동나무를 더듬으며 왔고
나는 어린 아카시아 잎이 가시를 앞세운 것처럼
세상의 바람 앞에 갈라진 손톱을 세웠다
시는 종교보다 깊은 신앙
가족은 울타리가 아니어도 삶의 질긴 끈이었다

밤마다 꾸는 꿈은 짝사랑이었고
골짝이에 숨어서 늘 양지를 그리워했다
바람처럼 구름처럼 부대끼며 흘러 흘러왔다

산호수

내 방 책상 위에 작은 화분 하나
혼자 있을 때에는
로댕의 생각하는 사람 되었다가
방문을 열면 활짝 웃는다
생일도 잘 챙겨주지 못한 마누라처럼
물 한 번 제때에 주지 못했는데
그는 언제나 축 쳐져 집에 들어오는 내 어깨를
어루만져 준다

그런데 오늘은
빨간 아기를 품에 안고
수척한 얼굴을 하고 있다

'저 조그만 몸에서 출산의 고통이 얼마나 힘들었을까'

물 한 모금 떠서 먹여준다

어느 시인의 무덤가에서

석양에 물든 묘비 아래
할미꽃 한 송이 피어 있네
수많은 상처에도 아무 말 없이
그저 웃고 있는 당신같이
바람 불면 부는 대로 흔들리고
비가 오면
그 비에 젖어 살지만
나는 알고 있네
깊은 계곡
바위의 눈뜨는 소리
앞 강물에 흐르는
세상사 이끼 끼는 이야기 들으며
마음은 구름 너머
천상의 환한 세상을
꿈꾸고 있는 것을

푸르른 날엔

모두를 사랑하리
슬픔도 외로움도
먼 어느 날 향기처럼
사라지고
메마른 가슴에
초록 나무 한 그루 자라나리
응달진 판자촌
틈박에 피어난 민들레도
오늘은
뿌리 깊은 가난을 허물처럼 벗어놓고
맨살로 햇살을 안으리
썩은 고목에서도
꿈같이 싹이 돋고
새들의 날갯짓에
이 세상 근심 걱정
모두가 날아가리

아름다운 상처

사람은 누구나 가슴속에
칼자국 하나씩 가지고 살지요
그 칼자국은 깊이 뿌리를 내려
줄기를 가꾸고
꽃을 피워
우리는 그 열매를 따먹고 살지요
잘 익은 열매는
서로 나누어 주기도 하여
꽃과 꽃의 길을 내기도 하지요

생을 관통당한 아픔이
그 꽃잎 속에서
살며시 숨 쉬며 살아가지요

우울한 아침

아들을 군대에 보내고
밤새 잠 못 이루어
축 처진 눈꺼풀같이
베란다 밖으로 보이는 하늘은
우주에 눌린 듯 무겁고
빙 둘러싼 아파트 옥상 굴뚝에서는
밤새 뒤척이던 삶의 파편들이
권연처럼 피어오른다
어제까지만 해도 벚꽃과 웃고 놀던
아차산 봉우리도 간밤 황사비로
눈 부비고 있는데
굳게 닫힌 아들놈의 방문엔
부재중이라는 표지가
보초를 서며
전방 까까머리 훈련병의
고단한 하루를
말
　　해
　　　　준
　　　　　　다
목 쉰 군가 소리가
멀리서 들려온다

가벼운 날개

고추잠자리 한 마리
바지랑대 끝에 앉아 눈을 굴린다
궁금증을 증폭시키는 팽팽한 고요
하늘 한 번 올려본다
모두들 쉿 쉿
구름 너머의 이야기가 들릴락 말락
귀를 하늘까지 뻗친다
너한테만 하는 얘기라며 바람이 귓속말을 한다
순간 귀가 나팔만큼 커진다
뭣!
타워 팰리스가 공짜라니
바람 한 점, 입술을 씨익 몸을 핥으며 지나간다
젖 먹던 힘을 다해
꿈과 욕망을 한꺼번에 구름 너머로 올인한다
그러나 네 개의 날개로는 어림도 없는 일
밤낮없이 소원은 날개를 더 다는 것이다
가끔씩 믿지 못할 일이 현실이 되어 나타났다
이제 남은 일은 구름 위로 올라가는 일 뿐
최대한 자세를 낮추고 큰 숨을 한 번 들이킨다
팔 다리에 힘을 주고 날개는 최대한 공기를 팽창시켜
점프—
갑자기 비상등이 켜진다

사이렌 소리가 들리고 처음 담배를 피우던 날의 기분처럼
아련히 꿈속을 헤맨다
싹둑싹둑 날개 자르는 소리가 종합병원을 빠져나와
허공을 날아다닌다

뿌리

짙은 어둠 속에서 눈을 부릅떠
바위를 밀치고
돌멩이들의 틈을 비집으며
얼굴 한 번 보지 못한 제 분신을 위하여
부처님 같은 땀을 흘리고 있다
가지가 바람에 세차게 흔들릴 때마다
손아귀엔 더욱 힘을 주며
아래로
아래로만 향하고 있다

꿈

사람아 외로울수록 해를 보아라

포탄이 빗발치는
전쟁터에서도
겨울나무처럼 앙상한
이디오피아 난민
천막 안에서도
나는 숨을 쉰다

세상은 어두운 듯 환하고
환한 듯 어둡다
그러나
동굴 속에도 빛이 들 듯
걸인의 닳고 닳아진 구두굽 밑에서도
태양은 뜨고 무지개는 자란다

내가 항상 그대 곁에 있으니

설잠 1
―시인의 밤

나는 매일 밤 귀를 열어놓고
그가 오기를 기다린다
저만치서 인기척이라도 들릴라치면
얼른 일어나 그의 집을 짓는다
뼈대를 세우고
살을 붙이고
피를 돌게 한다

그러나
일평생 살 집 한 채 짓는 일이 어디 쉬운 일인가
잘못 쌓아진 벽돌을 다시 쌓고
작게 튼 창문을 허물어 꽃의 노래가 들리게 하고
강과 산이 어우러져 새들이 둥지 틀고
은빛 물고기가 투영한 강물 속을 유영할 수 있게
그리고 마당엔
하늘이 내려와 놀 수 있게
바다가 들어와 파도치고
갯바위 고동이 나팔을 불면
먼 바다, 어부가 돌아와
편히 쉴 수 있게
누대(樓臺)를 세우느라
머릿속엔 벼린 혓바늘이 돌고
축 처진 몸뚱아리는 녹물로 가득하다

설잠 2
―시인의 밤

눈을 감았으나 내 영혼은
돌아오지 않는다
지금도 수만, 수천만 개의 촉수를 달고
사하라사막, 히말라야 산맥을
배회하며
세상 구석구석 후미진 곳을 핥고 있다
달빛도 졸고
누이도 그 달빛 밟고 돌아오는데
생각의 갈기는 하염없이 먼 길을 찾아 흐른다
마침내
발바닥이 짓무르고
혓바늘이 돋아나고
귓속엔 이명이 비바람 치는데
길도 없는 오지, 가시덤불 속을 헤매고 또 헤매인다

아직도 그는 보이지 않은 길을 헤치며
지옥에서 지옥으로 이동 중이다

설잠 3
―시인의 밤

저 멀리 아지랑이가 몰려오고 있었어
그런데 그만 바람의 낮은 기침 소리에 놀라
도망가고 말았어
천(川) 자가 고랑을 내는 사이
바람은 물컹한 웃음만 던지고 사라져 버렸어
잠은 길을 잃고
이산 저산 골짜기를 헤매이기 시작했어
해골이 발목을 잡는 깊은 골에 빠졌다가
산찔레 넝쿨을 잡고 간신히 오부 능선에 올랐어
오 이런
천 년 묵은 산삼이 돈다발을 휘날리고 있었어
돈은 환장하게 많은데 자꾸만 바람을 타고
날아가 버리는 것이었어
맨발을 벗고 쫓아갔어
가시가 발바닥을 뚫고
칡덩굴에 걸려 무릎이 돌부리에 찢어지고 말았어
울음은 소리도 나지 않았어
온몸의 눈물이 바닥이 나도
피는 멈추지 않고 흐르고 있어

오 마이 갓

저 십자가에 예수가 못 박히셨나요
오늘은 내가 십자가의
왼쪽 모서리에 찔렸습니다

폭주족에게 밟힌 맥주 캔처럼
배가 홀쭉한 참새,
먹이를 구하러 왔다가
볍씨를 물어다 주고 갈 그런 쌀집에
이순의 아저씨가 들어섰습니다
십자가를 목에 메고
성경책을 옆에 끼고
앉질뱅이도 일으켜 세울 것 같은
심성 고운 눈빛으로,

그는 성경책을 펼치더니
검은 수레바퀴를 굴렸습니다
주술에 걸린 쌀들이 차 안으로 걸어 들어가
쓰러지고
은행에 다녀와 수금해 주겠다고 간 그는
영영 되돌아오지 않는 바람

오 마이 갓

오올드 아담과 이브

아들, 딸이 외출한 날에는
아내와 샤워를 하고 옷을 입지 않는다
하루 종일 쌓인 매연 냄새 삼겹살 냄새
삶의 찌꺼기를 둘둘 말아 던지고
알로카시아 그늘에 서면
작은 아파트 거실은 에덴동산이 되고 냉장고에서는
과일들이 주렁주렁 열린다
그중 잘 익은 포도를 따서 서로의 입에 넣어주며
어깨를 기대다가 깔깔거리며 웃다가
벌렁 누워서 눈을 감으면 온 세상이 천국이다

지구가 처음 문을 열었을 때도 지금처럼 환한 웃음뿐이었
을까
음경과 음경 사이 음부와 음부 사이에 음탕하고 교활한 음
모(陰謀)는 없었을까
산 중턱 양지 바른 곳엔 까마귀들이 득세를 하고
비탈진 골짜기 바람 새는 곳엔 이름도 모를 잡초들이 모여
서로 키 재기를 하다가 난투했을까

베란다 밖으로 달이 떠오르고
늙은 호박꽃 같은 아내의 젖가슴에 손을 얹고 잠이 든다
날이 밝으면 아담이 그랬던 것처럼
나는 또 세상의 살점을 베어 먹으러
나뭇잎으로 가린 음경을 달랑이며 서둘러 지하철을 탄다

소통

참새 한 마리가 쌀집에 들어섭니다
던져준 먹이를 다 먹고 조금 모자랐는지
그만 블랙홀로 빨려들고 만 것입니다

오래전 알라신을 숭배하는 나라에서
검은 기름의 유혹에 갇혀
밤마다 울었던 기억이 실타래처럼 줄줄이 풀립니다
돌아가고 싶었지만 출구는 벌써 닫히고
처, 자식의 얼굴이 뇌리를 관통하던,

참새는 지구를 튀어 나갈 듯 창밖을 향해
힘껏 날았지만 천둥이 자꾸 머리를 때립니다
곤두 세웠던 깃털이 숨을 죽이고,
옆집 부동산 아저씨는 쩝쩝 입맛을 다시는데
나는 참새를 바람처럼 쥐고 두 팔을 모아 기도합니다
눈을 감고 있던 참새가 비틀거리며 일어나
창밖의 자유를 향해 날아갑니다
나는 참새보다 더 높은 창공을 훨훨 날아갑니다

반성

오늘,
또 나를 잃어버린 하루였습니다
한 땀 한 땀 쌓아올린 탑이
연기처럼 허공으로 날아가버린 날이었습니다
끓어오르는 분노가 허옇게 살점을 드러낸 채
길바닥에서 아무렇게나 나뒹구는 날이었습니다
포크레인의 날카로운 이빨이
통곡하는 가슴을 마구 물어뜯고
찢겨진 살점이 시베리아 벌판에
홀로 버려진 날이었습니다
하늘의 명을 알 나이인데
아직도 자신을 다스리지 못한 내가 미워
두 번 죽은 날이었습니다

제3부

엉덩뼈를 차다

엉덩뼈를 차다

복지관에서
체온이 따뜻한 도시락을 받아
처음으로 잘 마른 햇살이 되어 본다
빛도 들어올 수 없는 골목길을 두드리며
내 눈과 마주친 그 아이의 아프리카 가젤 같은 눈빛
눈 속에 얼어붙은 배추잎 같은 이불을 덮고 잠든 할머니의
소금기 절인 눈물
캥거루 닮은 농아 모자가 습기 찬 지하방을 기어와 밝히던
순진무구한 눈망울
그들의 골목엔 겨울이 가도
황사로 몸살을 앓는 봄조차 찾아오지 않았다
차가운 그들의 땅을 맨발 벗고 잠시 들어가 보았을 때
그동안
착각 속에 떠밀려 다닌 내 생각의 엉덩뼈를
힘껏 걷어찼다

퍼

술이 얼큰하게 취한 날이면
아버지는 오른쪽 겨드랑이엔 정부미 한 말
왼쪽 손엔 홍옥 몇 개 든 양회 봉투를 들고
눈 내린 언덕길을 비틀거리며 오셨지
끈 풀린 워카가 눈길에 미끄러지면
홍옥 하나가 굴러 떨어져 신 비명을 지르고
나는 저만치서 달려와 아버지를 부축했지
물씬 풍기는 술 냄새, 똥 냄새
지금은 사라져간 질펀한 그 냄새

그 질펀한 소리가 골목길을 떠들고 다닐 때
그때가 내 유년의 웃을 수 있었던
최고의 날들이었다는 것을
이젠, 노을 위에서 발목을 씻고 계실 아버지
당신은 아셨나요

고백

오늘,
용서받지 못할 하루를 보냈다
눈발이 흩날리는 육교 위에서 깜장 튜브를 친친 감고
구걸하는
불구자의 눈을 피해 먼 산을 보고 걸었다
청량리 지하도에서 떡 몇 개를 펼쳐놓고
지하방 어린 손녀의 꼬르륵거리는 소리를 듣는
늙은 할머니의 손을 보지 않으려
얼른 핸드폰을 꺼내 들었다
계단을 걸어와 올려다본 플라타너스 잎 사이로
푸른 하늘이 내 가슴을 찌르는 것 같아
얼른 그 자리를 떠났다
하룻밤 술값으로 그들의 한 달 생활비 몇 배를 날리며
딸 같은 아가씨에게 댓잎* 몇 장, 슬쩍 야릇한 웃음도 흘리
면서
돌아가 찬 바닥에 누울 그들에겐
기껏 따가운 시선이나 던져주었다
그날 밤 식탁에서
코밑에 털이 듬성듬성 나기 시작한 아들에게
나누며 살아야 한다고
말의 회초리를 대었다

* 댓잎 : 새로 나온 지폐 오만 원권.

지는 해는 아름답다

지금 당신의 얼굴은 주름졌지만
붉은 정열 가슴에 남아 있네

처음 땅을 밟는 어린 새처럼
호기심 가득 찬 마음으로
때론 바람에 흔들리고
때론 어둔 밤 홀로 걸으며
굽이굽이 고개 넘어
강줄기 따라 걸어온 길
비바람에 씻기어 흔적 없지만
그 길,
다시 돌아오지 못하는 줄 알면서도
웃으며 걷는 당신의 뒷모습이
노을처럼 아름답다

난지도

그 옆을 지날 때면
저쪽 전화기에서
무슨 소린가 들려오는 듯,
이 세상 오갈 데 없는 것들이 모여
수근거리는 소리가
귀에 모여든다
한때엔
찬란한 조명 받으며
한 시절 주름잡을 때도 있었는데
이제는 병들어
시궁창에 버려진 것들
마지막 남은 장기까지 나누어 주며
"나는 괜찮아" 하는 소리가
흙을 뚫고 튀어나와
귓속을 파고든다

미물도 그러는데

참새 식구들이 불었다
먹이가 많은 것도 아닌데
어디서 또 한 식구를 불렀나 보다

작년 겨울,
눈덮인 겨울날
먹이를 찾지 못해 돌아다니다가
새끼 참새가 굶어 죽은 것을 기억한 걸까

참새는 동그랗게 둘러서서
뿌려준 모이를 쪼아 먹는다

마지막 남은 모이 하나를
서로 먹으라고 눈짓한다

중년

날카로운 바위는
가끔씩 타인에게 상처를 주었다
때로는 스스로의 불꽃이 너무 뜨거워
상처를 입기도 했지만
세월의 비바람 속에서
이끼를 덮어갔다

슬픔도 외로움도
먼 어느 곳 이야기처럼
잠재워 삭일 줄 아는
몽돌이 되었다

겨울 바다

유린당한 상처를 꿰매려
그 앞에 서면
파도는 언제나 손짓하며 달려와
포근하게 감싸주었지
그러던 어느 날
무슨 말인가 하려다가
잠자코 물러서서
알 수 없는 웃음만 터트리고 사라졌지
그 웃음이
갈매기의 슬픔과
이 세상 모든 아픔을 보듬는
웃음인 줄 알았는데
바람이 거세게 부는 어느 날
나는 알았지
네가 웃는 것이 웃음이 아니라
울음이라는 것을
상처 많은 삶으로부터
위안받기 위해 찾아온 영혼을 위하여
그저 울음을 삼키고 있다는 것을

비 오는 아침

자동차 경적이 나팔꽃처럼 기지개를 켜면
눅눅한 수의를 걷어올리고 관 속을 나선다

텔레비전을 빠져나온 아나운서의 볼멘
소리가 몇 번 거실을 서성이더니
열려진 창틈 사이로 이내 사라져 버리고
20층 높이의 무덤은 서서히 만삭의
몸을 푼다
벽과 벽 사이 배수관에는 묵은 찌꺼기를 배출하는
위층 아저씨와 아래층 아줌마의 꺽진 소리가 들리고,
곧 샤워기의 물이 빗소리에 섞여 R&B음악처럼 흐른다

시계 초침 따라 흔들리며 먹는 토스트 한 조각과 커피 한잔,

엘리베이터는 자궁을 열고
연신 해산한 사람들을 빗속으로 내몬다

우산들이 제각기 바쁜 걸음을 제촉한다

우울증

열여덟 처녀의 모태에서 웅크리고 앉아 꼼짝도 않고 있다
카랑한 여자는 누구의 씨앗이냐고 다그쳤고
쉿소리를 내는 남자는 집안 망신이니 싹을 잘라버리라며
고래고래 소리를 지르다가 문을 닫고 나가버렸다
귀를 막아도 그 목소리들은 점점 귓속을 파고들어
달팽이관을 세차게 흔들었다

오래도록 기름 치지 않아 비꺽대는 기계 소리를 내며 사각
의 방 네 귀퉁이가 돈다
형광등이 따라 돌다가 머리 위로 떨어진다
너무 무서워 뛰쳐나가려 했지만 몸은 화석처럼 굳어져
움직이지 않는다
"떨어질 테면 떨어져 봐"
질끈 눈을 감고 있다가 죽음 같은 잠 속으로 도망쳤지만 차
가운 형광등은 웃음을 흘리며 따라왔다

한 사내가 솜털이 보송한 아가씨와 모텔 앞에서
실랑이를 벌이고 있다
손을 뿌리쳤지만 사내는 거친 파도였다
수군대는 소리가 허공에서 파장하다가 볼에 붉게 꽂혔다
사내의 뜨거워진 체온이 조팝꽃처럼 터졌고
둥지를 잃은 어린 새의 울음소리가 창문을 통해 흩어졌다
알지 못할 두려움이 싸늘한 체온과 내밀하며
자욱한 안개에 휩싸였다

바위 위에 핀 꽃

도저히, 저기에선 도저히

다들 불가능이라고 생각할 때
작은 풀꽃 하나가
꽃을 피워 올렸다
물 한 모금 없는 절망의 나라에서
가느다란 실 뿌리는
손 마디가 닳고 닳아
뼈 속의 선혈이 굳을 때까지
바위의 문을 두드렸다

그 수많은 세월 속
거센 태풍이 불어도 꿈쩍 않던 바위가
작은 풀꽃에게
슬그머니 몸을 열어주었다

쓰레기통

무슨 생각에 잠겨 있을까
이 세상 버림받은 것 상처난 것 다 끌어안고
추위 따위 더위 따위
온갖 멸시에도 얼굴 붉히지 않고
장대비 속에 묵묵히 서서

쓰면 뱉고
달면 삼키고
어린 아이의 사탕에도 침흘리며
황금 몇 그램 앞에도
손바닥 뒤집는 인간들
차오르는 욕망에 눈이 멀어
은인의 등 뒤에
칼을 꽂는 인간들 사이에

입을 닫고 서 있는 저 쓰레기통은

설거지

마누라를 여행 보내고
나는 야호다
용트림 치는 자유가 하늘까지 솟고
그 하늘 위로 웃음이 실실 떠다닌다
베란다 밖으로 부는 바람도 내 마음을 아는지
나뭇잎을 흔들어 박수를 보낸다

먹고 자고 먹고 자고
또 먹고 자고
빈 그릇이 쌓여가도
나의 여유로움은 오만까지 부리고 있다

저까짓 것쯤이야

설거지통이 초상집이 되었을 때에야 그 앞에 서서
휘파람 불며 수도꼭지를 돌린다
그런데 아뿔싸
갈 길은 아직도 멀었는데 허리도 아프고 목도 아프고
납작하게 엎드려 있는 밥풀을 떼려다
미꾸라지 같은 사기그릇이 깨져 손에선 피가 솟고
얼굴은 화끈화끈 달아오르는데
그릇에 묻은 거품이 하나 둘 꺼진다

슬슬 마누라의 잔소리가 그리워진다

대출 통장

바싹 말라 쩍쩍 갈라진 논바닥마냥
할딱거리고 있다
이제 며칠 동안 더 비가 내리지 않으면
뿌연 먼지가 정강이를 파묻고 무서운 속도로
심장의 동맥까지 파고들어올 판이다
그러나 하늘은
마른벼락만 몇 번 치고
구름은 저만치 돌아눕고 말았다
주름 깊은 입술은 포도 알처럼 부풀어 마침내
동그란 점령군에게 포위되고 말았다
거머리 같은 침묵이 어둠 사이로 낮게 포위망을 좁힐 때
올무에 걸린 새끼 사슴의 신음 소리가 하얗게
서리 내린 들녘으로 번져가고
가슴에 나부끼던 빨간 딱지는 히히덕거리며
비수를 들이댔다

첫눈이 산발을 하고 내리던 날, 조간신문 한쪽 귀퉁이에
말라 비틀어져 죽은 그의 기사가 조그맣게 실렸지만
모두들 밟고 지나갔다

쌀

아야 우지 마라
천둥은 깊은 어둠 뒤에 숨어서
갑자기 뒤통수를 후려치고
우박은 삼복더위로 옷고름 풀어헤친 맨가슴을
따발총처럼 난사하고
때론, 대가리 쳐들고 몰려오는
보라콧*의 독니에 물어뜯기며
자지러질 듯 지내온 세월,
한 잔 소주 값도 안 되다니
속눈썹 헤치고 지난 세월이 두 볼에 고랑을 낸다
그러나 어쩌랴
우리 풀잎 같은 이웃
군불 때며 허기진 배 채울 수 있는 기쁨이라면
그 고단함
동토의 차가운 아가리에나 쑤셔 박고
아야, 너는 하얀 이 드러내고 웃을 수
있지 않겠니

* 보라콧 : 태풍의 이름.

영정 앞에서
―故 노무현 대통령 영전에서

생의 이력서가 멈춘 영정사진 속에서
당신은 웃고
바보처럼 국화도 웃고
그 모습을 보는 내 눈은 젖어들어
누에가 풀실을 풀 듯
이력서를 풀어낸다
더러는 낡은 영사기가 툴툴대며
끊긴 자국도 있지만
샘솟는 당신의 흔적이
가슴 저 밑바닥에 저미어 있던 슬픔을
마구 두드린다
거리엔 바다가 출렁이고
아비를 잃은 물고기 떼들이 먼 길에서 모여든다
어둠은 짙어가는데 바보의 웃음은 환하게 떠오르고
생의 우기를 지나
국화의 부드러운 질감 속에서 웃고 있던 당신이
향연기 위로
깃털처럼 날아오른다
촛불이
한 줄기 굵은 눈물을 쏟으며
잘가라고 손을 흔든다

우정

가뭇한 기억 저편으로 밀려오는 쓰나미

바다는 검은 웃음을 지었다
날카로운 이빨로
부레를 툭 물었다
막막한 한 줌의 고요
바다는 빗장을 치고
한 방울의 여백도 남겨놓지 않았다
바다 속에도 염라대왕이 있었다
핏발 선 오랏줄이 목울대를 조였다
웅숭맞은 웅덩이가 바로 코앞, 찰라는
삶과 죽음을 오고 갔다
꿈인 듯, 생시인 듯 휘파람 소리가 들렸다
그 소리는 심장이 터지도록 뜨거웠다

자네는 오리발을 낄 틈조차 없이
죽음의 수백 리, 파도를 가르고
고요를 깨뜨렸다
수만 날이 지난 것 같은 시간이 흘렀다
오리발은 파도에 이리저리 떠돌아다니고
우린 나란히 해변가에 누워 있다

제4부

골목길

꼬마 섬

파도가 슬쩍 건드리기만 해도
자꾸만 바다를 건너가고 싶다
오늘도 꿈은 수평선 위를 활공하는데

밤이면 로또에 당첨된 졸부처럼 휘청대다가도
낮이면 부도 속처럼 조용한 육지를
눈이 아리도록 바라만 보다가
어느새
지친 꿈도 슬며시 내려와
갯바위에서 잠이 들고
등대 불만 가끔
깊어가는 밤바다를
소리 없이 건너간다

골목길

푸른 꿈을 안고 대처에 나갈 때
말없이 걱정해 주고
삶이 만만치 않아 어깨 처져 뒤돌아올 때도
포근히 감싸주던
내 늙은 어머니 같은 품으로
언제나 그 자리에 서서 안부를 묻고
이웃집 안부도 전해 주던 너

오늘 밤엔
너의 안부가 궁금해
돌아가신 할아버지와 아버지가 손잡고
한 번쯤 다녀가시겠지
그믐달이 기울 때쯤 자박자박
걸어오는 소리 들리겠지

9월

태양이 폭군처럼
인두 불로 지친 몸을 지지던 것이
바로 엊그제인데
밤사이 마법사가 지나갔나
푸른 이를 함박 드러내고
다정하게 웃는 저 하늘
깊이 패인 상처를 치유하라고
등 두드려 준다
바람도 금세 긴팔로 갈아입고
내 곁에 서서
재개발 지역 지붕 위의 전깃줄처럼
뒤엉킨 머릿속을
부드럽게 빗질해 준다

멀리 있는 하늘이 참 가깝다

바람의 도시
―시카고

도시가 어둠을 먹고
네온싸인을 게워 낼 즈음
색소폰 소리가
멈춰 섰던 시간을 깨우고
연인들의 가슴엔
사랑의 태엽이 풀린다
재즈 가락이 네온 불빛 속에서
수음을 하는 밤
그리움은 불꽃으로 타오르다
공간 가득 부서지고
시공(時空)을 뛰어넘는 눈빛은
흑과 백, 공존의 춤을 춘다
활활 타오르는 불길 속에
뼈다귀 앙상한 절규
잿더미 속을 걸어 나와 신화를 만든다
마법처럼 시어즈 타워 위에
천 년 동안 사라지지 않을 무지개가 뜨고
미시간 호의 파도 위에서 황소가
윈드서핑을 한다

부고 1980

—故 김대중 대통령 서거를 보며

벌써 서른이 다 되었네 그는
그는 햇살이 따스한 오월 어느 날
불쑥 찾아와 불온한 소식을 전하고
히히덕거리며 사라졌네
나는 휘파람을 불며 기찻길을 따라 걷다가
미친놈이라고 중얼거렸는데
저 멀리서 금세 붉은 피가 레일을 타고 몰려들었네
피할 겨를도 없이 철교 아래 강은 붉게 물들고
산과 들은 악몽을 꾼 듯 경악하며 얼어붙었네
거리엔 수많은 탱크들이 장송곡을 쏘아대고
군화 발아래엔 만장기가 피를 흘리며 신음하네
사나흘 송장 썩은 냄새가 진동을 하고 남겨진 상처들이 이
리저리 방황을 하며 떠돌아다니네

세월 참 허무하군
까까머리를 막 졸업한 내가 벌써 흰 머리 듬성하고
청년 같은 혈기로 푸른 깃발 날리던 당신이 오늘
인동초가 되었다니

폐차

먼지를 뒤집어쓴 잡초 사이로
시체처럼 버려진 폐차 한 대

그가 심장 펄펄 끓었을 때에는
영하 30도 겨울날 설원을 뚫고
천 리도 섬광이었는데
아스팔트가 엿가락 녹듯 휘어진 삼복에도
낯빛 한 번 붉히지 않고
휘파람도 솔솔 불어주었는데

세월 훌쩍 건너 골다공증에 합병증까지 온 어느 날
밤길 비틀거리며 따라와 후미진 곳에 고려장 되어
길바닥에 말라붙어 개미에게 뜯기고 있는
개구리처럼

붉은 살점을 바람에 햇살에 물어뜯기고 있다

일

차창 밖으로 보이는 사람들
잰걸음이다
어떤 이는 오토바이를 타고
어떤 이는 1톤 화물차를 몰고
빗속을 헤치며 꽃을 피운다

병든 노모의 질척한 음부에
말없이 기저귀를 채워주는 아내,

오늘 같은 날,
교실 밖을 내다보며
머리를 갈고 닦을, 아들을 위해

우산 속까지 파고드는 빗방울
피하고 싶지만
꽃 피우는 일 사랑할 일이여서
꽃 피우는 일 행복한 일이여서
오늘도 땀방울 가득 꽃을 피운다

신문

여기저기 폭탄 터지는 소리
불륜 연인의 신음 소리
쇠톱으로 뼈를 자르는 소리
방귀 뀐 놈이 성내는 소리

길 잃은 미아가 엄마를 찾는
저 소리들이
매일 같이 귀를 찢는다
이방인 하나 쓸쓸히 창밖을 바라보며
먼 산을 바라본다
언제나 뒤뜰에 감꽃 피는 소리 들릴라나
언제나 달 뜨는 언덕에
달맞이꽃 환한 웃음소리 들릴라나
깜깜한 밤 이명(耳鳴)은 아직도 여전한데
새벽은 심 봉사 지팡이 짚고 걸어오듯
어둠을 더듬어 오고는 있는 것인가

영혼의 밥

고통이 쌓이고 쌓여
흰 뼈가 드러나면
나는 밀물처럼 몰려드는 허기를 달래려
밥을 짓는다
시커먼 고독이 몰려와
심해 속을 허우적거릴 때에도
불붙은 가스통이 내 안을 이리저리 헤집고 다닐 때에도

나는 천천히 심장의 먹물을 갈아 밥을 짓는다

비구름 가득했던 하늘이 열리고
먼바다 갈매기들이
수평선 가득 붉은 노을을 물고와 내 앞에 펼치면

칼을 꺼내 목을 겨루던 불덩이는 사라지고
어느새
작은 섬 하나 차오른다

고정관념

검버섯이
가득 피어난 얼굴
눈 주위엔 다크서클이
닭똥집처럼 번진
창백한 군상들이
그물망 속에 포위되었다
바람 구멍이 숭숭한 그물망을
빠져나갈 생각도 없이
그냥 눈을 감아버린다
스스로 쇠 빗장을
단단히 걸어놓고
수심이 깊은 물속
바위 밑에 가라앉자
웅크리고 있다

전당포

멈춰버린 시간 속에
낡은 기억들이
뽀얀 먼지를 뒤집어쓰고
비스듬히 누워 있다
창문 틈새로 새어 들어온 빛이
더께한 시간의 먼지를 쪼아 먹을 때마다
아버지의 낡은 단추가
하나씩 떨어지고
실밥 풀린 단추 구멍을 여미는
옹이 진 손이
파르르 떨고 있다
언젠가 저 손목에서
당당히 웃고 있었을 금빛 시계,
제자리를 떠나
삼십 촉 전구 아래서
졸고 있는 것처럼
아버지의 삶 또한
내리막길에서
잠시 비틀거리고 있다

멍에

자동차 전조등이
　하나 둘 켜지는데
다가선 어둠처럼
　스며든 삶의 무게
어느새 밀려온 고독
　　치렁치렁 매달려

바람도 멈춘 이 밤은
　지친 몸 더 가라앉고
쓴 소주 한잔으로
　붉은 홍반 재우는데
갈등은 한숨에 섞여
　소리 없이 흐느끼네

젊은 때 품은 야망
　시들어 허전한데
일상은 어제처럼
　오늘도 흘러가고
스탠드 흐린 불빛만
　빈 방 안에 홀로 타네

아버지의 방

언제부터인가
아버지의 눈 속에는 별이 살고 있다
바다는 아득히 밀려갔다가 새벽이면
별을 품고 왔다

뭍에서 태어나 뭍에서 뼈를 삭힌 아버지가
새벽바람에 문풍지 쿨럭거리는 소리를
바닷가 자장가라고 하신다

세상 파도가 밀려오면 어김없이 불을 뿜고
한평생 뭍에서의 일들을 외면만 하시던 아버지
그래도 세상살이는 너무 뜨거웠나 보다

별 하나가 거센 파도에 튕겨나간다
링거병 안에서는 장송곡이 흐르고
슬픔이 고인 몸짓에선 만장기가 펄럭인다
아이들은 깔깔거리며 모래성을 쌓고
아버지는 천천히 바다 속으로 들어가신다

제5부

아! 고향

모성

폭우가 쏟아지던 지난밤
어미 까치가 새끼를 끌어안고 밤을 지샜다
천둥 한 자락이 나무 한 그루를 삼키고
새까맣게 타죽은 나무 꼭대기에서
새끼의 울음소리가 들려왔다
재가 된 어미가
바람을 타고 하늘로 흐르고
며칠 뒤
또 비가 쏟아졌다
날 선 벼락에 놀란 새끼는 울부짖는데
자식을 위해 목숨을 버린 어미는 구천에서도
달이 떠라
달이 떠라
나뭇가지를 입에 물고 빌고 또 빈다
정안수에 달이 차오른다

불효자

아버님,
당신이 말기 암 판정을 받고 난 후
저는 술을 멀리했습니다

홀로 병원 침실에서 저승사자와 실랑이를
벌이고 계실 때
나는 운동화 끈을 동여매고
장자못 공원을 걷습니다

누구나 한 번은 찾아오는 일이
당신께 조금 빨리 왔을 뿐이라며

당신은 50도의 체온과 0도의 체온을 넘나드는데
나는 36.5도의 체온을 유지하기 위해
어둠이 내리는 산책로를 뛰고 있습니다

중환자실

웬 아픈 사람들이 이렇게도 많은 걸까
백지장 같은 무게 아버님 둘쳐업고
들어선 분당 차병원 응급 환자 대기실엔

삼 일을 기다리다 겨우 얻은 병실 침대엔
이승의 마지막 밤 신음하던 흔적 있어
개망초 하얀 꽃잎이 먼 들녘을 흔든다

아버님

어머님 전화 받고 별일이야 했던 것이
검불데기 몰골 보니 눈물 왈칵 쏟아지네
지난날 호기스런 모습 흔적 찾아볼 수 없네

세상살이 상처들이 그렇게도 아팠던가
한평생 불을 뿜듯 응어리를 쏟더니만
그믐밤 돌아오실 길 헤매이고 계시는가

그 무슨 인생사가 이다지도 허망할까
빈 집의 등불처럼 깜박이는 아버님
활화산 불기둥 뿜던 그 모습 보고 싶어

하관식

쓰르라미 울음소리
하늘가로 부서지고

개망초 꽃 쓰러질 듯
바람에 슬피 운다

저 멀리
북망산 기슭 위로 흰 나비
날아오른다

아! 고향

눈감으면 떠오르는 기억 저편 지리산 자락
그리움은 붉게 타서 온산에 불을 내고
요천수
재첩의 노래 바람결에 실려온다

서울행 완행열차 목 메인 기적 소리
노을 속을 헤매다가 감꽃 아래 잠이 들면
울 할매
흐르는 눈물 삼베옷이 홍건하다

어머니

갈퀴손 시린 눈발
살갗을 꼬집는 저녁
먹빛 같은 한 생애
굽은 등에 짊어지고
손수레
끄는 어머니 관절염 무릎 시린데

동파된 수도관이
얼어붙은 골목길을
이승의 탯줄인 양
짊어가는 어머니
끊어진
다리 건너편 불빛이 아득하다

촉석루에 앉아서

강바람 산들 불어 젖은 땀은 가시는데
살며시 감은 눈에 휘감겨 오는 님의 숨결
향국한* 당신의 혼불 노을 되어 붉게 타네

푸르른 남강 물결 옛과 같이 변함없고
임진란 님의 체취 의암* 위에 그대론데
잰 물살 오리보트는 무엇 찾아 헤매나

사백 년 새긴 한이 비바람에 닳기도 전
강 건너 우뚝 선 도시 밤을 새워 휘청이니
가신 님 칠만 영령 앞에 향불 다시 피우리라.

*향국한 : 고향과 나라를 위한.
*의암 : 남강에 있는 논개 바위.

넝쿨장미
—논개 생가에서

붉어라! 그 춤사위
논개의 혼불인가
꽃물결 넘실넘실
향국한 님의 마음
겹겹이
고매한 숨결 꽃잎으로 타오르네

열아홉 붉은 순정
차오른 가지 끝에
잔바람 불 때마다
님 향한 연정으로
짓붉은
노을이 되어 서녁 하늘 물들이네

낙화암

고란사 풍경 소리
강물 위에 출렁이고
입동철 매운바람에
떨어진 낙엽들
백마강
흐르는 물 위로 아우성 소리 들려온다

조각난 백제 운명
부석 산은 못 잊은 듯
늦가을 궂은비는
소리 없이 젖어들고
단풍잎
붉은 실핏줄 툭툭 터지며 피를 토한다

이명

머나먼 이국 땅에서
들려오는 포성처럼
잉잉대며 울어대는
수만 마리 귀뚜리 떼

밤새워
칼날 세워서 영혼을 난타한다

장자못*, 다시 온 봄

잠자리 부레옥잠 위 날개 접고 앉아서
물끄러미 물속 구름 바라보던 샛강에
기름 띠 검은 그림자 도적처럼 숨어든다

피하려는 물고기 떼 허둥대며 길을 찾다
수천 길 낭떠러지 헛짚어 떨어지고
잡초만 죽음 같은 적막 붙들고 섰더라

빈 들녘 소소리바람 치더듬던 그 자리에
누군가 민들레처럼 노란 등불 밝혀들고
아리수 맑은 물 길어 연못 가득 채우니

날아든 원앙 한 쌍 갈대숲에 둥지 틀고
버들치 고향 온 듯 꼬리치는 물결 따라
섬진강 얼음 풀리는 소리 어릿하게 울려온다

*장자못 : 경기도 구리시에 위치한 연못, 개발화 물결 속에 황폐되었다가
 한강으로 이어지는 물길을 내어 시민들의 휴식 공간과 산책로 등 생태공
 원으로 조성하였음.

팔당호 저 갈대

푸른 혀 날름대는 윤 흐르는 사월인데
팔당호 가장자리 저 갈대는 아직도
맨발로 지난 세월을 붙잡고 서 있다

앙상한 뼈마디 손 흔들리는 유적들이
집 떠나 마지막 본 내 어머니 잔영같아
가슴속 고인 눈물이 호수 속으로 침몰한다

수몰된 저 아래 꽃 피고 꽃 지던 자리
어머니 한낮 땡볕 밭 갈던 그 자리에
잉어 떼 푸른 꿈꾸며 새처럼 날고 있겠지

무너짐은 또 다른 생성의 원천인 걸
굵은 힘줄 불거졌던 여름 지나 겨울 또, 봄
새 생명 아귀힘 풀린 틈새로 척박한 땅 일으킨다

은행나무 가로수

가지 끝에 매달린 잔설을 털어내고
봄 햇살 잦은 유혹에 내밀은 조막손
그 뽀얀 아가 손으로 꽃샘바람 밀쳐낸다

고삐 풀린 자동차 경적 매연에 부은 편도
할퀴며 달려드는 세상 일 눈감은 채
묵묵히 지친 나그네 그림자로 품어주다

무채색 하늘에 노란 물감 풀어놓고
배회하는 어둔 삶에 푸른 그림 그려보며
한 번쯤 가파른 고갯길 쉬어가라 이른다

어차피 인생이란 공수래공수거인데
저승 갈 때 노잣돈 얼마나 필요할까
쥐었던 금전 몇 잎도 풀어 다 주고 서 있다

불암사에서

산 입구에 접어드니
귀를 여는 목탁 소리
내딛는 발걸음이
자꾸만 더뎌지고
부처님
법구경 소리 가슴속을 파고든다

마당 바위 틈새에 선
분재 같은 소나무 하나
고단했던 젊은 날,
내 모습 초상 같아
힘내라!
응원을 하고 걷는 발길 가볍다

연가

살다 보면 가끔씩 외로운 날 있을 거야
그럴 때면 훌훌 털고 강가로 나가자
비가 오면 비 맞고
눈 내리면 눈 맞고
천 년을 한결같이 말없이 흘러가는
저기 저 대숲의 노래 같은 강물을 바라보자

더러는 화나는 일 없었겠는가
더러는 괴로운 일 없었겠는가
슬픔도 외로움도 가슴속에 묻어 두고
천 년을 한결같이 묵묵히 흘러가는
저기 저 아버지의 속정 같은
강물을 바라보자